角落说 著

在生活的角落

U0725242

写下诗歌

人民邮电出版社
北京

图书在版编目（CIP）数据

在生活的角落写下诗歌 / 角落说著. -- 北京 : 人民邮电出版社, 2025. -- ISBN 978-7-115-66914-8

Ⅰ. I227

中国国家版本馆 CIP 数据核字第 20258RT011 号

内 容 提 要

　　我们忙碌于生活与奔波，可能向往远方和自由，却不能马上践行。不过，好像诗歌并不只在远方。生活的角落里，也有诗意的痕迹。

　　从"出门吹吹风"的自由与惬意，到"往前迈一步"的勇气与坚持，再到"爱的人教会我的"的温暖与感动，直至"成长就是懂得放声大笑"的豁达与释然，最后到"过自己的生活"的独立与乐观，生活的每个角落里都藏匿着温柔的力量。

　　无论是闲暇时独自品读，还是与友人共赏，都希望这本书能带给你共鸣与感动。

◆ 著　　　　角落说
　　责任编辑　陈　晨
　　责任印制　马振武
◆ 人民邮电出版社出版发行　　北京市丰台区成寿寺路 11 号
　　邮编　100164　　电子邮件　315@ptpress.com.cn
　　网址　https://www.ptpress.com.cn
　　北京捷迅佳彩印刷有限公司印刷
◆ 开本：787×1092　1/32
　　印张：7.5　　　　　　　　　2025 年 7 月第 1 版
　　字数：168 千字　　　　　　2025 年 7 月北京第 1 次印刷

定价：55.00 元

读者服务热线：(010)81055296　印装质量热线：(010)81055316
反盗版热线：(010)81055315

前言

我常常认为，每个人心里都有一亩地。

这亩地，是属于每个人自己的"角落"。人们在此耕耘，种草木、养花鸟、喂鱼虫，繁茂或荒芜，大抵是各不相同的。我在自己这个角落安静地做一个观察者，观察那些我感兴趣的生活事物，观察他人，也观察自己。久而久之就有了"有事想记、有话想说、有字想写"的念头，于是我在这亩地上，栽下了一些种子——开始尝试通过文字写下我的情绪和感受。

有一天，我悄悄打开一扇窗，那些写好的文字随风飘出了窗外，无意中吸引来了一些人；他们每日与我浅浅地交流，却不吝赠我鼓励与信心，也愿陪我发呆。其间有人来了又走，也有人走了再来，就这样来来去去，日子一天天过去。某天当我醒来，发现愿意留下与我相处的，已有许多人，我心中惊讶不已，也大为感动。

后来，我在这个角落栽下了另一些种子，这次我许了一个小小心愿——希望未来某天，如果可能的话，将那些细碎的文字整理成集，装订成册，出版成书，这样大约就是实现我所认为的"开花结果"了。时至今日，终于如愿以偿。

书中的文字是在 2023 年至 2024 年陆续发布到社交媒体上的，文字虽能追溯落笔日期，但写下文字的思绪却是很早之前就铺垫酝酿好了。这些文字，有我主观的视角，也有站在客观角度看待客观事物时的感悟，并不全是我个人的切身经历。譬如看一部电影、读一本书、听一段音乐或偶然看见车窗外并肩的行人、散步时看见椅子上与夕阳对坐的少年，抑或是地铁站里在我身边穿梭而过的身影。每个人都有着不同于他人的故事，这些零零散散的生活场景和片段，是我灵感的来源之一。我常保持适度的好奇心和比过路人稍稍多一点的留心，去凝视日子、体验生活和感受这个世界。

这些文字，也并非是信手拈来的，它经年累月由小段的句子汇集而成。时光在日子这条大河中流淌，我的所思、所想、所悟、所得，就像露水一样，是慢慢凝聚成一滴，再缓缓落到河中，融入水里。由于平日里我比较健忘，在这些水珠开始凝聚的时候，我会习惯性地拿手机把它们快速记下来，有时是一段句子，有时只有寥寥几个字或词。"文件传输助手"应该是我发送消息最多的"好友"了，反而用来记载文字的那些软件，我印象中是没用过的。不管怎么说，那些从脑海中转瞬即逝的文字，在日复一日的记载中，得以及时保存下来，才有了后来这样顺利合成的一个集子。

在这本书出版的过程中，我得到了很多人的帮助。人民邮电出版社的编辑是我的引路人，特别感谢参与的编辑老师、设计老师对本书的重视和为本书做的大量工作。感谢社交媒体上虽未谋面却支持我、不断给我信心的朋友们。此外，在本书的创作和出版过程中，我的家人毛毛和书云一直在默默支持我，谢谢你们。

角落说

2025 年春

目录

叁 / 115

爱的人教会我的

肆 / 187

成长就是懂得放声大笑

伍 / 207

过自己的生活

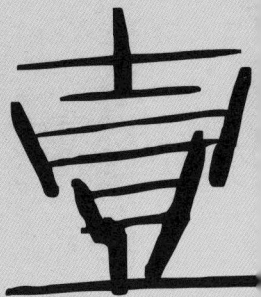

壹

出门

吹吹风

一直向上
也会很累吧？
两旁的风景
好好看过了吗？

《等等》

白然

在

角

落

说

生活的角落

写下诗歌

自由的人

出门去吹自然的风。

《吹风》

吹风

自由的人
出门去吹自然的风。

你见过了雪，
从此对洁白
有了定义。

《从此不必再想象》

一年365天，
我们看过几次夕阳？

《错过》

大地颠倒，
树在奔跑，
花埋在土里，
人们躺在高空
看地上的白云
拂过山峦。

《错乱》

错乱

大地颠倒，
树在奔跑，
花埋在土里，
人们躺在高空，
看地上的白云
拂过山峦。

光影

有光的地方
就有影子。
影子会时不时
跑出来说：
"让我透透气。"

有光的地方
就有影子。
影子会时不时
跑出来说：
"让我透透气"。

《光影》

这个世界从未合过眼，
无论你几点醒来，
总能看见一些光。
不是灯光，便是　月光。
通常是阳光。

《你醒啦》

举手并非投降。
要给自己留点时间
晒晒太阳。

《伸懒腰》

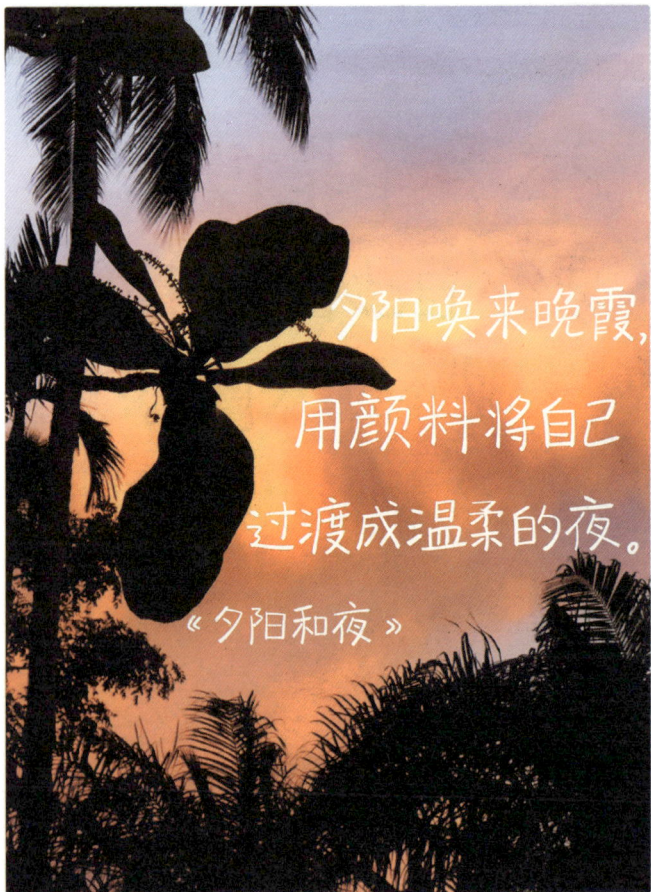

夕阳唤来晚霞，
用颜料将自己
过渡成温柔的夜。

《夕阳和夜》

迷失，无非是
内心起了大雾。
只要是雾，
不久便会散开。

《消散》

消散

迷失，无非是内心起了大雾。

只要是雾，

不久便会散开。

日子
可以很小，
小雨，
小憩，
小小地
拥抱一下。

《小小》

《规律》

太阳下午就会下班，
跟它换班的
是夕阳
和月亮。

转变

落日余晖散尽那一刻，
我闭上眼，
结束了那个白天，
再睁开眼时，
已是崭新的夜。

落日余晖散尽那一刻，
我闭上眼，
结束了那个白天，
再睁开眼时，
已是崭新的夜。

《转变》

我把悄悄话
告诉了月亮，
云朵恰好经过，
它把悄悄话带给了星星。
现在，整个宇宙
开始闪烁了。

《秘密》

秘密

我把悄悄话告诉了月亮，云朵恰好经过，
它把悄悄话带给了星星。
现在，整个宇宙开始闪烁了。

春

在

生活的角落

写下诗歌

春风

清风拂过你的脸，
风也想让你知道
春天的味道。

清风拂过你的脸，
风也想让你知道
春天的味道。

《春风》

春意，
就是这样，
即便漫不经心走路，
街头巷角
也会相遇。

《春天》

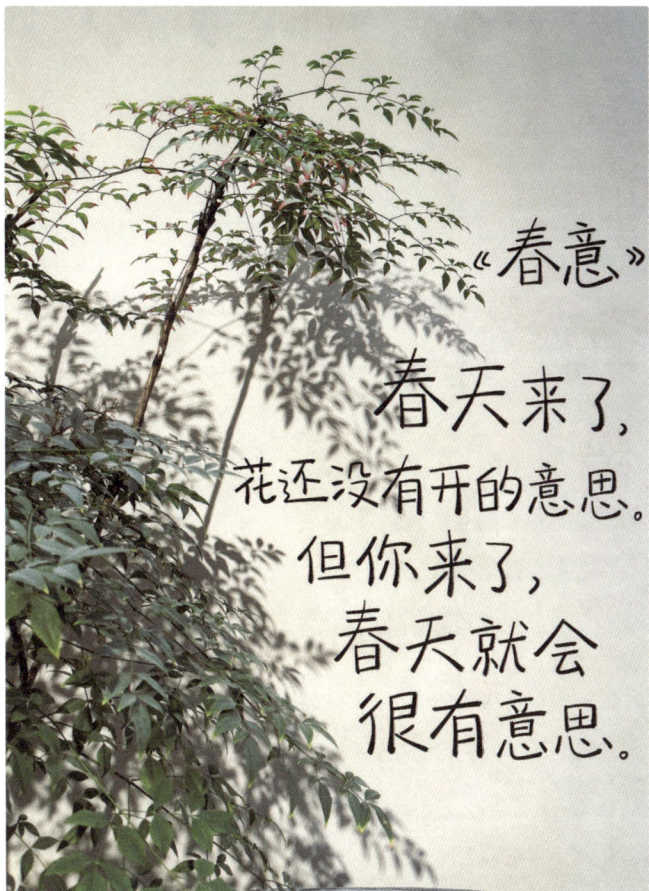

《春意》

春天来了，
花还没有开的意思。
但你来了，
春天就会
很有意思。

春意

春天来了，花还没有开的意思。
但你来了，春天就会很有意思。

走进春天

春醒时，我将为小家添满花卉，

每次出门或回家，

我都是从春天走进春天。

花草树

在

生活的角落

写下诗歌

慢

路边的花，正在盛放。

你看，春天始终

将你放在心上。

我抱抱大树说，
你多晒太阳，
会变得暖和一点。
大树抱抱我说，
你多笑一笑，
会变得阳光一点。

《树说》

心中那棵大树，
长出了向上的枝丫，
也有被风雨肆虐后，
腐朽在地的枯叶。
枯叶化为养分，
滋养着仍然招展的
明媚的枝叶。

《心之所向》

心之所向

心中那棵大树，长出了向上的枝丫，
也有被风雨肆虐后，腐朽在地的枯叶。枯叶化为养分，
滋养着仍然招展的明媚的枝叶。

《野草》

野草野蛮，
肆意生长，
它活得自由自在，
不争艳不绽放，
到哪儿都能活。

《枝芽》

让所有困惑
像秋天的落叶飘落在地，
然后静待初春，
萌芽、展枝、盛放。

生长

无人修剪，才得以野蛮生长。
世界辽阔，
蔓延在力所能及的高度，也不错。

秋

与

冬

在

生活的角落

写下诗歌

秋天就像冰块掉进热咖啡。

《秋天》

路的尽头
布满落叶，
那是秋天为你
攒下来的
一整个秋。

《秋意》

秋意

路的尽头布满落叶，
那是秋天为你
攒下来的一整个秋。

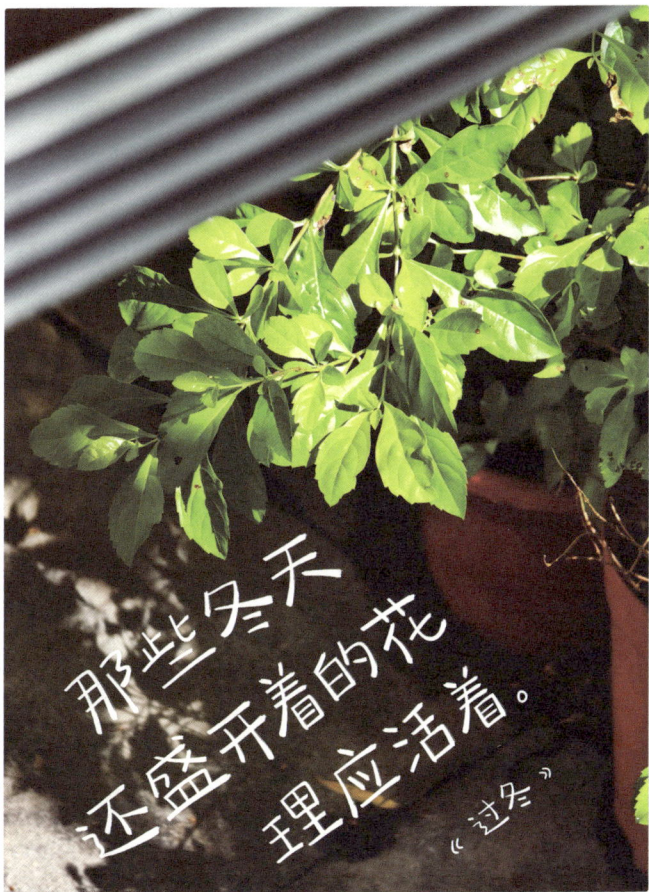

那些冬天
还盛开着的花
理应活着。
《过冬》

下课下班下雪都想回家

下雪了。
上一次这么想家
还是上次下雪的时候。

下雪了。
上一次这么想家
还是上次下雪的时候。
《下课下班下雪都想回家》

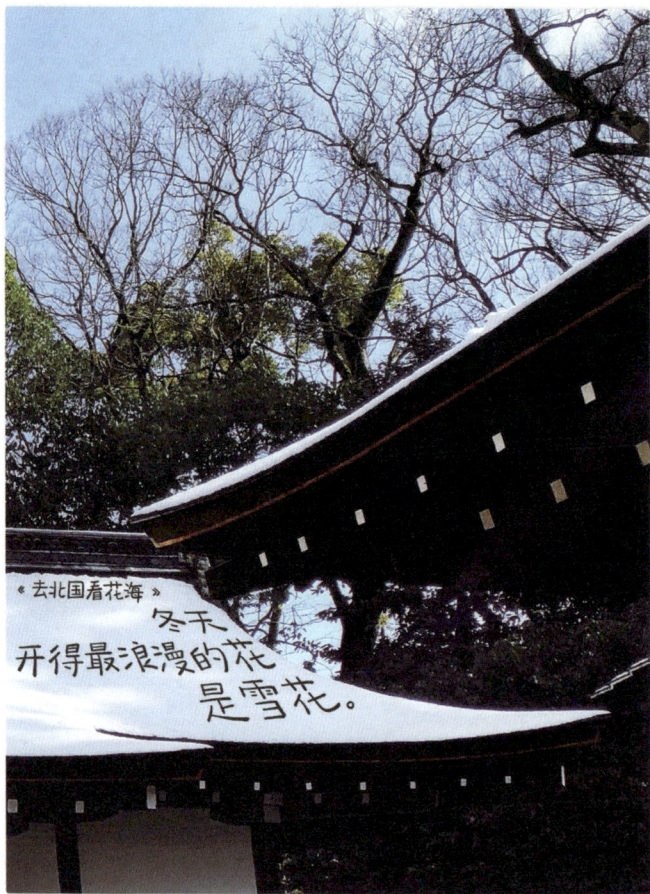

《去北国看花海》

冬天
开得最浪漫的花
是雪花。

在

生活的角落

写下诗歌

《尘土》

放在角落的背包
像一幅陈年旧画，
它落满了
不属于它的灰尘。

尘土

放在角落的背包
像一幅陈年旧画，
它落满了不属于它的灰尘。

想出发的时候，
你就已经踏出了
第一步。

《出发》

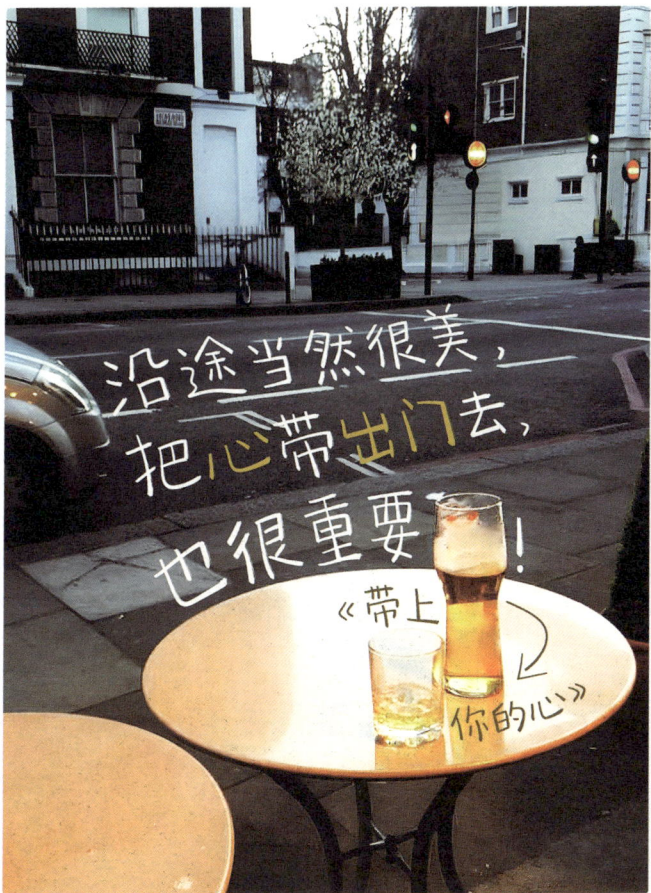

沿途当然很美，
把心带出门去，
也很重要！

《带上
你的心》

风味

在大自然吃饭，
不必带太多调味料，
自然会有自然的味道。

去海边很快乐，
是因为走进了
大海的舒适圈。

《海岸边》

海岸边

去海边很快乐，
是因为走进了
大海的舒适圈。

生活没有火花，可以去海边看看浪花。

《浪花》

《路线》

习惯
做足攻略，
在抵达目的地后
随意乱逛。

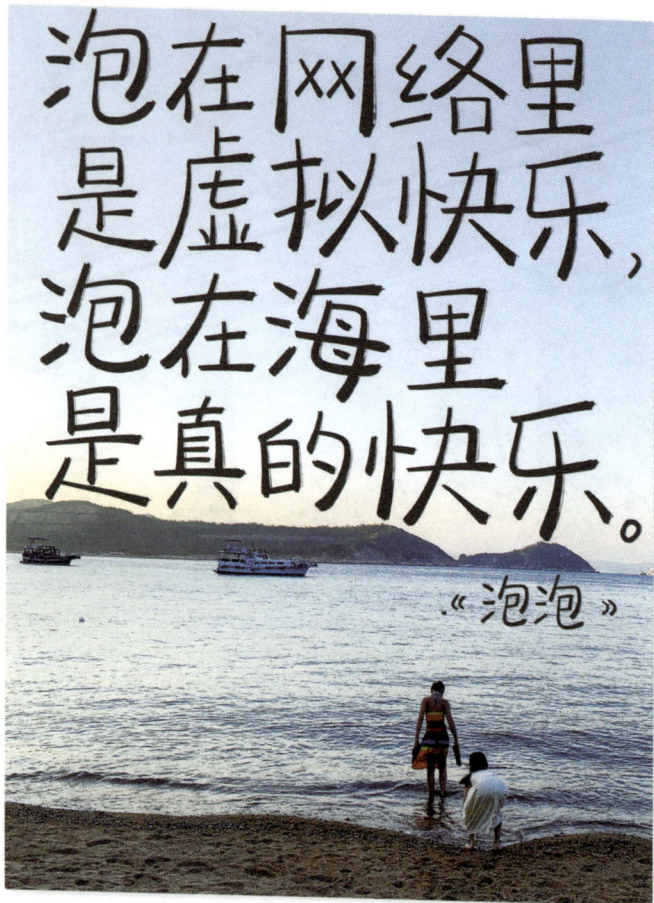

泡在网络里
是虚拟快乐，
泡在海里
是真的快乐。

《泡泡》

呆在家
闷一天,
不如
出门去走一圈。

《晴天》

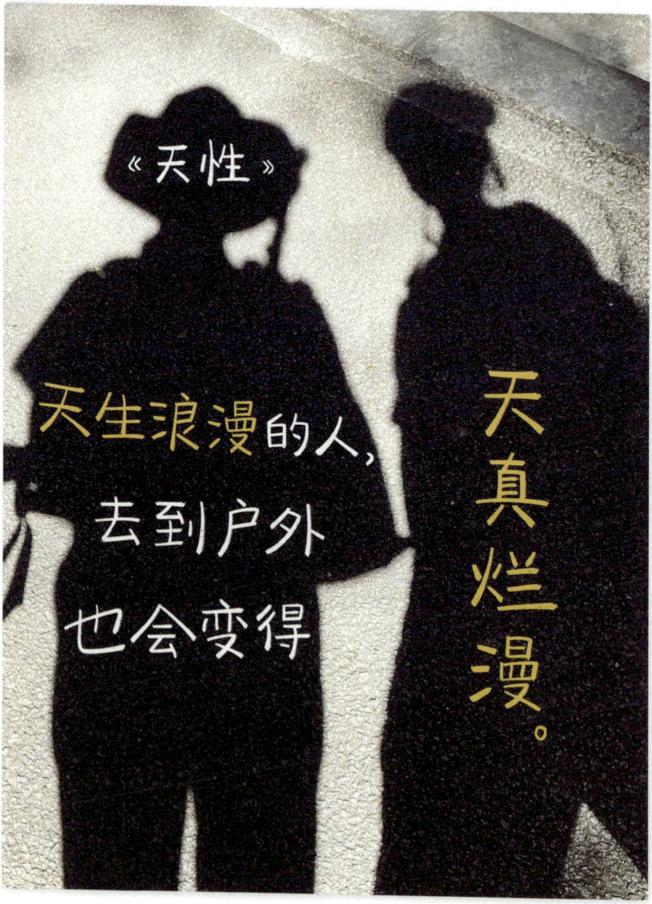
《天性》
天生浪漫的人，
去到户外
也会变得
天真烂漫。

人们总是行色匆匆，
却未必清楚目的地，
直到某天，
遇见了停泊的港湾。

《停泊》

EMERGENCY WINDOW

想也想不通，
不如
出门吹吹风

《自然会想通》

自然会想通

想也想不通，

不如

出门吹吹风。

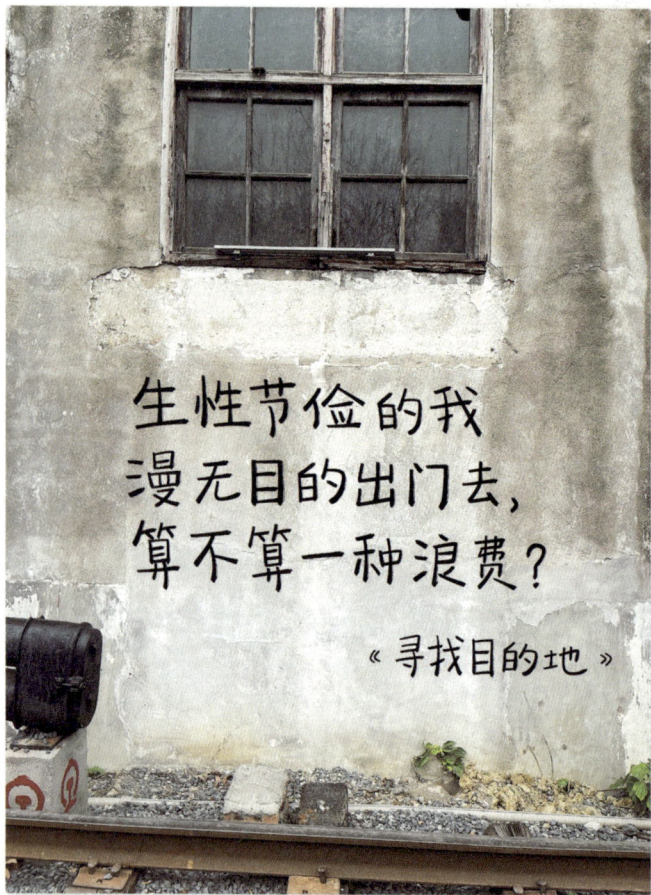

生性节俭的我
漫无目的出门去，
算不算一种浪费？

《寻找目的地》

小品

日子

《窗户》
房子的窗户
朝向两个方向，
临巷的乐得清净，
临街的贪图热闹。
时常开窗关窗，
偶尔合上其中一扇，
就这样经历了四季，
也度过了一生。

窗户

房子的窗户
朝向两个方向，
临巷的乐得清净，
临街的贪图热闹。
时常开窗关窗，
偶尔合上其中一扇，
就这样经历了四季，
也度过了一生。

我所理解的过年，
是从过去
到未来。
"一切过去了，
但还有未来。"

《过来人》

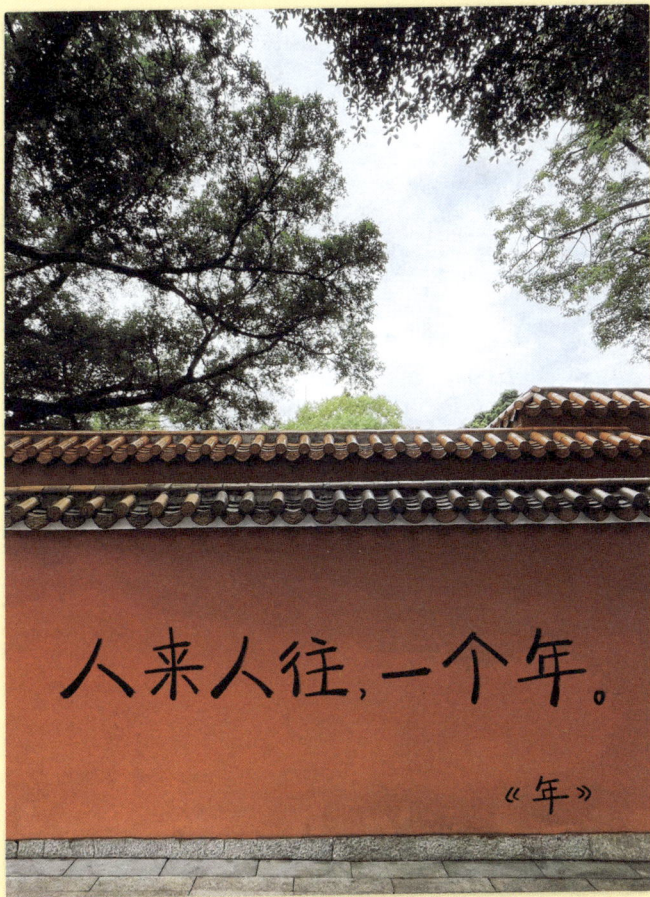

人来人往，一个年。

《年》

顺遂

回顾这一年，起起落落，
好就好在"平安健康"，
其他都是小事。

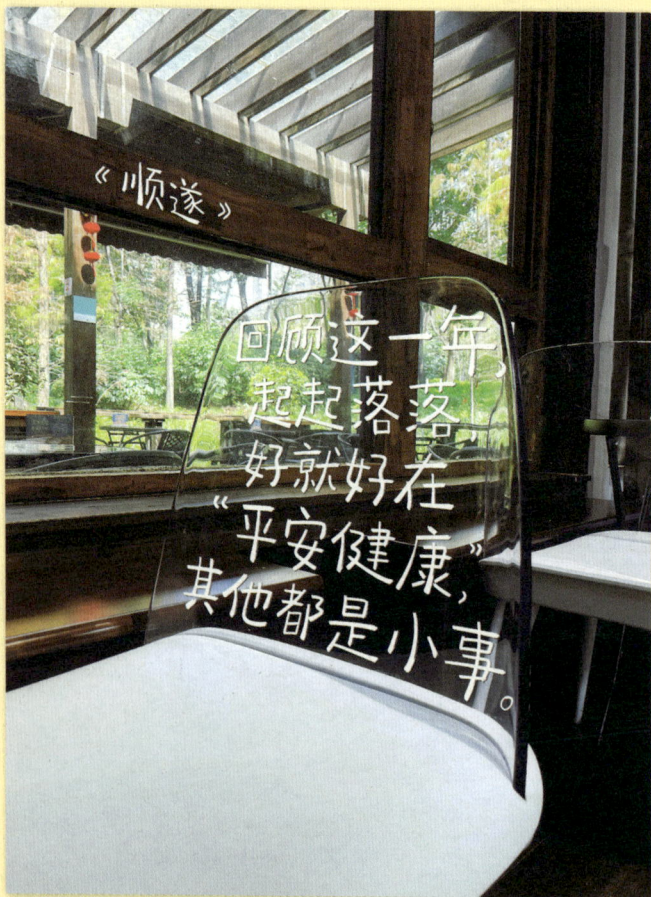

贰

往前迈一步

困惑

在

生活的角落

写下诗歌

生活没有说明书，
所以，
我常常看不懂。

《不明白》

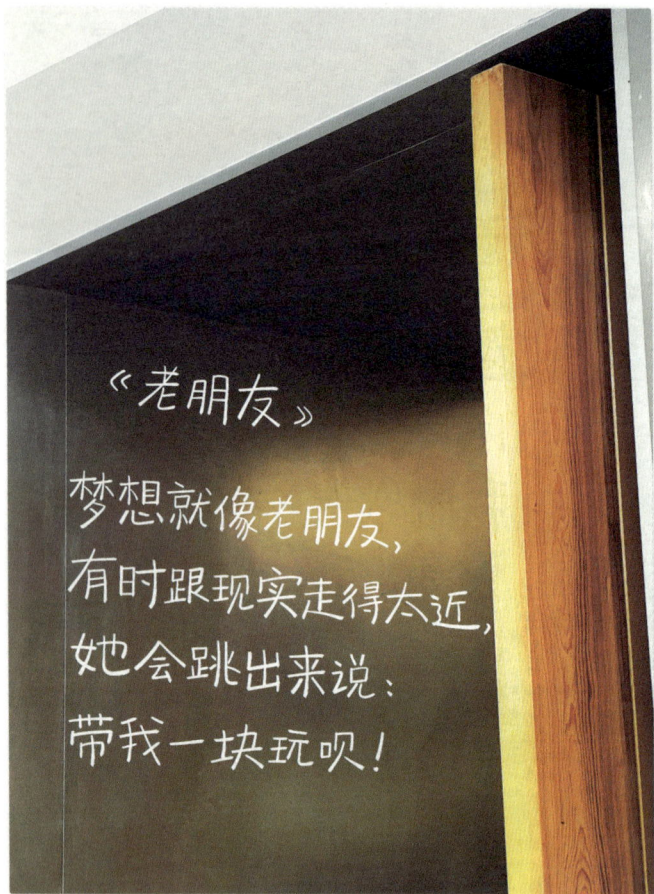

《老朋友》

梦想就像老朋友，
有时跟现实走得太近，
她会跳出来说：
带我一块玩呗！

老朋友

梦想就像老朋友，
有时跟现实走得太近，
她会跳出来说：带我一块玩呗！

我要甜的

生活问我：请问要点什么？
我笑了笑回答：
给我来点甜的。

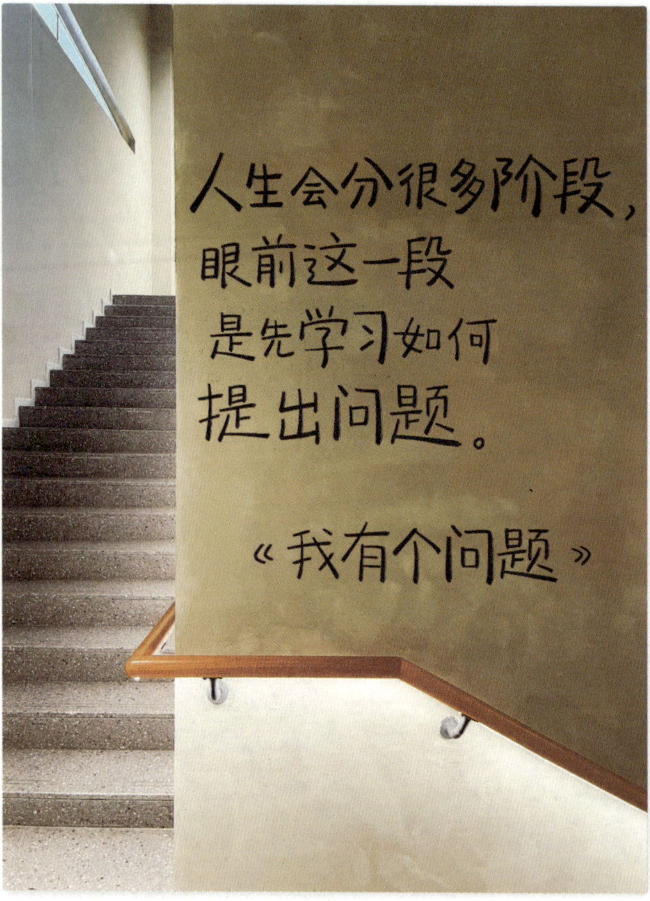
人生会分很多阶段，
眼前这一段
是先学习如何
提出问题。
《我有个问题》

选择

在

生活的角落

写下诗歌

生活
是道选择题，
你选择了什么，
什么就是标准答案。

《你的标准》

你的标准

生活是道选择题，
你选择了什么，
什么就是标准答案。

总会路过
　　许多出口。
无论选择往哪儿走，
都要记得跟过往挥挥手。

《启程》

启程

总会路过许多出口。

无论选择往哪儿走，

都要记得跟过往挥挥手。

我们总会遇到
各式各样的选择题，
但只要是你
做出的选择，
我都想给你打满分。

《你的选择，
是对的！》

鼓舞

在

生活的角落

写下诗歌

《变通》

脑筋学会拐个弯，
问题就追赶不上
你前进的脚步。

不想就此被困住，
只好拼尽全力
往前迈开这一步。

《处境》

《过自己想要的生活》

柴米油盐酱醋茶
是一种生活，
花椒大料孜然粉
也是一种生活。

日子难过，
我们可以慢慢过，
但是不能得过且过。

《借过》

不要埋头苦干，
要时不时抬起头
向前看。

《看路》

苦路，稳住

纵有苦千千万，
终有路万万千。

《 馈赠 》

你对生活报以微笑，
　　生活就会给你一个拥抱！

他人丰收的
硕果累累，
是潜心修订过的
言语，
自己用脚丈量过的
土地
才是良田一亩。 《良田》

良田

他人丰收的硕果累累，
是潜心修订过的言语，
自己用脚丈量过的土地才是良田一亩。

《留白》

人生可以留白，但不能不明不白。

我们常常认为
做的每件事都那么
微不足道，
直至某天汇集起来，
才知道自己原来
做过那么多
了不起的事。

《漫漫长路》

漫漫长路

我们常常认为
做的每件事都那么
微不足道，
直至某天汇集起来，
才知道自己原来
做过那么多
了不起的事。

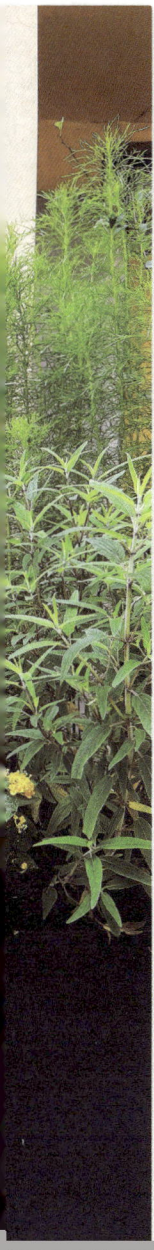

萌芽

我们会去做不知道结果的事，
其实盼的不是花开，
而是心里恰好有一粒种子。

我们会去做
不知道结果的事，
其实盼的不是花开，
而是心里
恰好有一粒种子。

《萌芽》

出口在什么地方，

指示牌清清楚楚。

要不要走出去，

你心里一清二楚。

《你很清楚》

我们
称之为障碍的，
充其量
不过只是
一道栅栏。

《屏障》

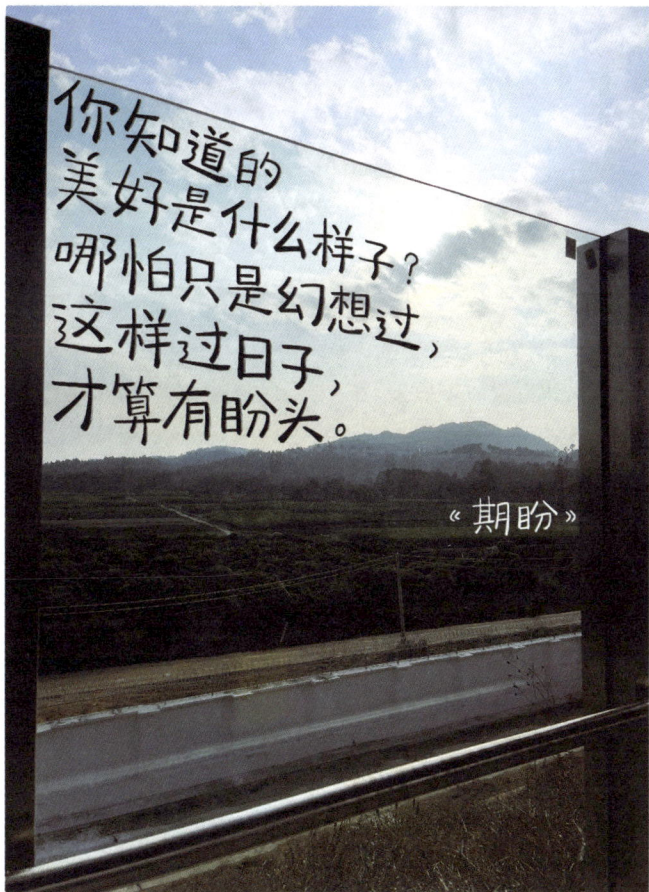

期盼

你知道的美好是什么样子？
哪怕只是幻想过，
这样过日子，才算有盼头。

《热爱活着》

我问：什么是活着？
她说：热爱就是活着。

生命不是一场错误，
　　我好好活着，
就是最正确不过的事。

《我是对的》

生活这所大学
没有分数，
只有分寸。
《自己拿捏

自己拿捏

生活这所大学，
没有分数，
只有分寸。

《要往前》

出口就在你眼前，
借口挡在你面前。

不妨推开借口，
走向出口。

@甬落说

小品

宣泄

定义

所有事情，都会有好的结果，
如果没有，那它就不算个事。

所有事情，
都会有好的结果，
如果没有，
那它就不算个事。
《定义》

《解脱》

放弃，
只是一种
妥协。
放下，才是
解脱。

《算了》

今天就先这样吧，其他的明天再说。

我看透了
生活的本质：
使我快乐的，
就是我想要的；
使我悲伤的，
麻烦离我远点。

《态度》

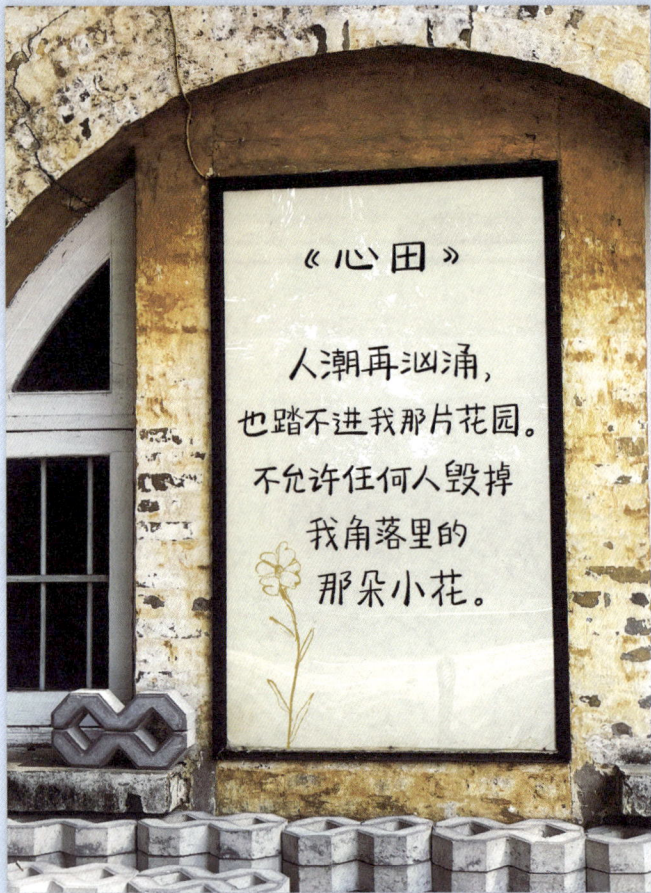

《心田》

人潮再汹涌，
也踏不进我那片花园。
不允许任何人毁掉
我角落里的
那朵小花。

心田

人潮再汹涌，也踏不进我那片花园。
不允许任何人毁掉
我角落里的那朵小花。

追求

优雅的生活
不是肆意的挥霍，
而是理性的节制。

优雅的生活
不是肆意的挥霍，
而是理性的节制。

《追求》

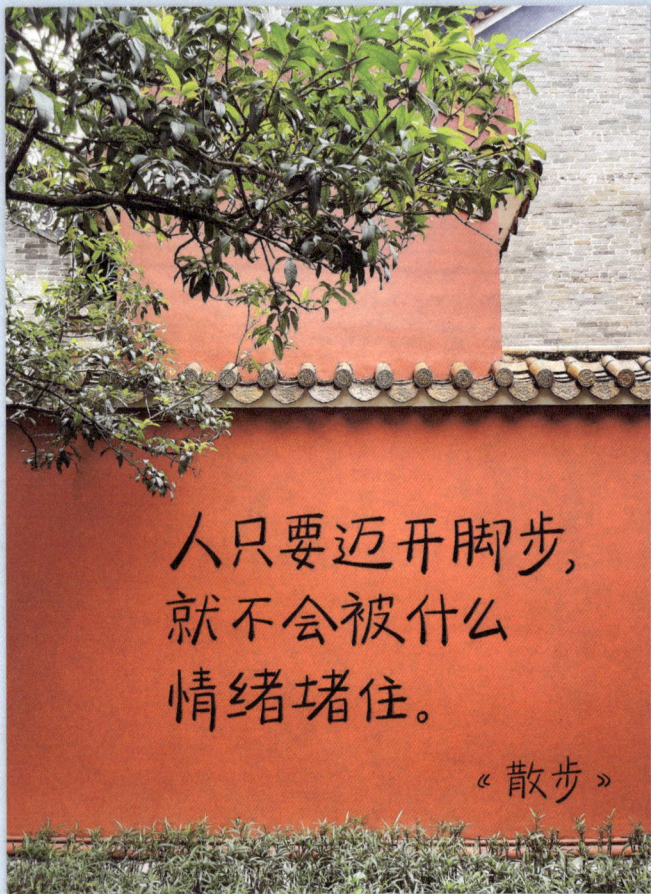

人只要迈开脚步，
就不会被什么
情绪堵住。

《散步》

叁

爱的人

教会我的

奶奶喜欢穿花衣服。
我问她：
会不会太艳了？
她却说：
人这辈子，
就是用来绽放的。

《绽放》

亲情

在

生活的角落

写下诗歌

我小时候，
他啰啰唆唆：
这不可以、那不可以。
我长大后，
他唠唠叨叨：
多做尝试、放手去干。

《不善言辞的他》

以前都盼你逢考必过，
现在只希望你
过得还不错。

《从前的他》

从前的他

以前都盼你逢考必过，
现在只希望你
过得还不错。

你盯着手机，
想看看
刚发的朋友圈
被赞了几次；
妈妈盯着你，
想看看
老火炖的汤
你喝了几碗。

《分量》

表达亲情
有许多种方式。
而开饭，
是色香味俱全的一种。

《开饭》

在妈妈眼里，
孩子就是孩子，
哪怕长大成人
也只能是
"大孩子"。

《妈妈》

妈妈

在妈妈眼里，
孩子就是孩子，
哪怕长大成人
也只能是"大孩子"。

细致

当妈前，拎起包说走就走；
当妈后，打开包该有都得有。

当妈前，
拎起包说走就走；
当妈后，
打开包该有都得有。

《细致》

友

情

在

生活的角落

写下诗歌

《粉笔》

我从教室
取走一支粉笔，
给青春
画上一个句号。

粉笔

我从教室
取走一支粉笔，
给青春画上一个句号。

想和你说的话，
三言两语说不清楚，

最好见一面，
三天两夜好好聊聊。

《见面》

朋友啊！
谁都走过泥沼，
无法自救时，
请你务必，务必
学会大声呼喊。

《朋友》

新生宿舍

天南海北的室友
带来了五湖四海的特产，
以及，几天几夜都听不完的故事。

《新生宿舍》

天南海北的室友
带来了五湖四海的特产，
以及，几天几夜
都听不完的故事。

爱情

在

生活的角落

写下诗歌

也不懂
什么是爱，
只知道
见到你
会很开心。

《不懂》

爱，
是给足土壤，
不是拼命灌溉。

《土壤》

为你准备了一件礼物，
你现在打开，
我现在就说爱你；
你要是以后再打开，
那就以后再说吧。

《礼物》

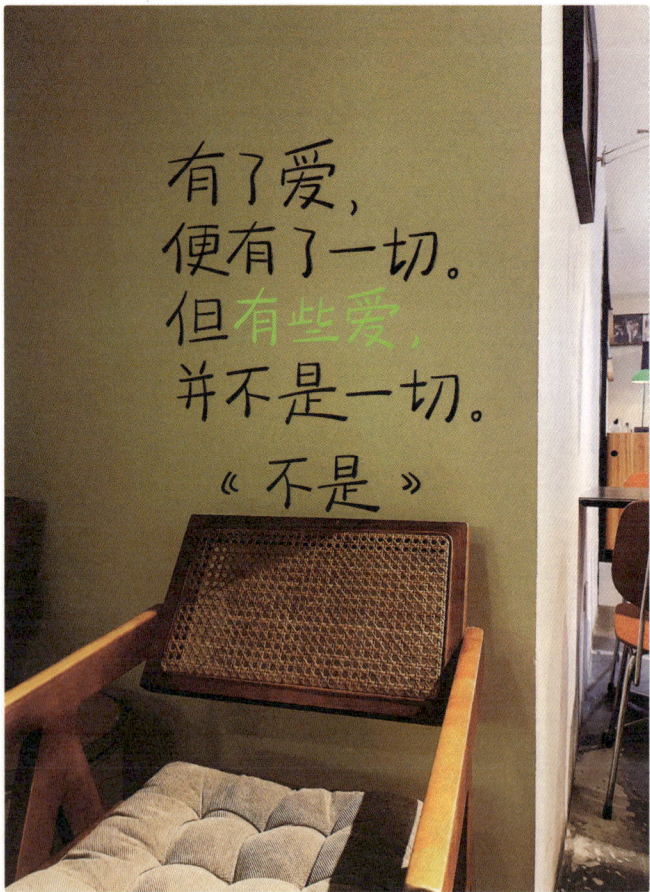

有了爱，
便有了一切。
但有些爱，
并不是一切。
《不是》

伤心的人，

通常都是

为了别人

伤自己的心！

《何苦》

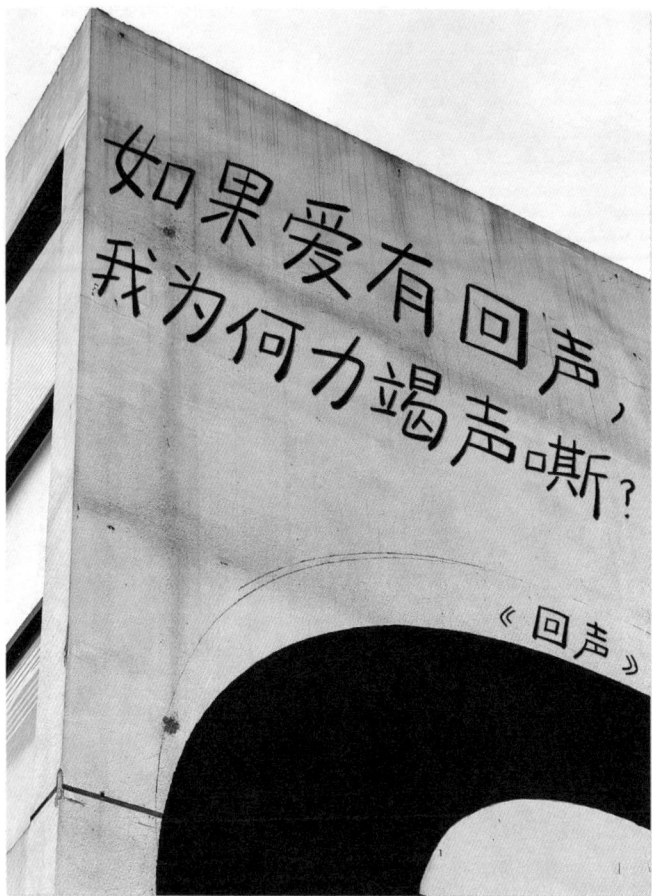

如果爱有回声，
我为何力竭声嘶？

《回声》

第一次见你的时候，

我还不认识你。

最后一次见你的时候，

我已经不认识你了。

《剧终》

《深浅》

爱是吟诗，

不是作对。

142

爱有时很模糊，
但时间会创造机会，
让人看清那到底
是不是爱。

《是不是》

是受伤了。
是伤，总会好的。

《伤》

别再说"无所谓"，
我很在乎你，
才一直听你说话。

《有所谓》

别再说"无所谓"，
我很在乎你，
才一直听你说话。

不好笑

大学四年，
你跟我开了无数个玩笑。
今天又说什么"我喜欢你"，
这句……
可以不是开玩笑吗？

《不好笑》

大学四年，
你跟我开了
无数个玩笑。
今天又说什么
"我喜欢你"，
这句……
可以不是开玩笑吗？

我不再渴望
被谁爱了。
我要在这荒漠之中
打一口井，
自给自足。

《自救》

我不知道你知不知道，
我喜欢你。
如果你知道了，
你一定要让我知道。

《答案》

都好听

键盘在我手上，滴滴答答；
你待在我身边，叽叽喳喳。

《共鸣》

我们心里住着蝉，
我什么都没说，
你什么都知道。

共鸣

我们心里住着蝉，
我什么都没说，
你什么都知道。

你问我：

明天应该

不下雨吧？

我怎么觉得

你是在说：

要不要出去约会呢？

《拐弯抹角》

《近距离》

我早已习惯了
两点一线。
遇见你时，是在
两点钟的一号线。
车厢实在拥挤，
将我们从路人
挤成了恋人。

《乐意》

因为是你，
所以我常常
奋不顾身。

乐意

因为是你，
所以我常常
奋不顾身。

154

我在清晨写诗，
在黄昏吟唱，
在深夜想你。

我在清晨
写诗，
在黄昏
吟唱，
在深夜
想你。
《每一天》

如果我想和你在一起，
我可不可以把如果去掉。

《嗯》

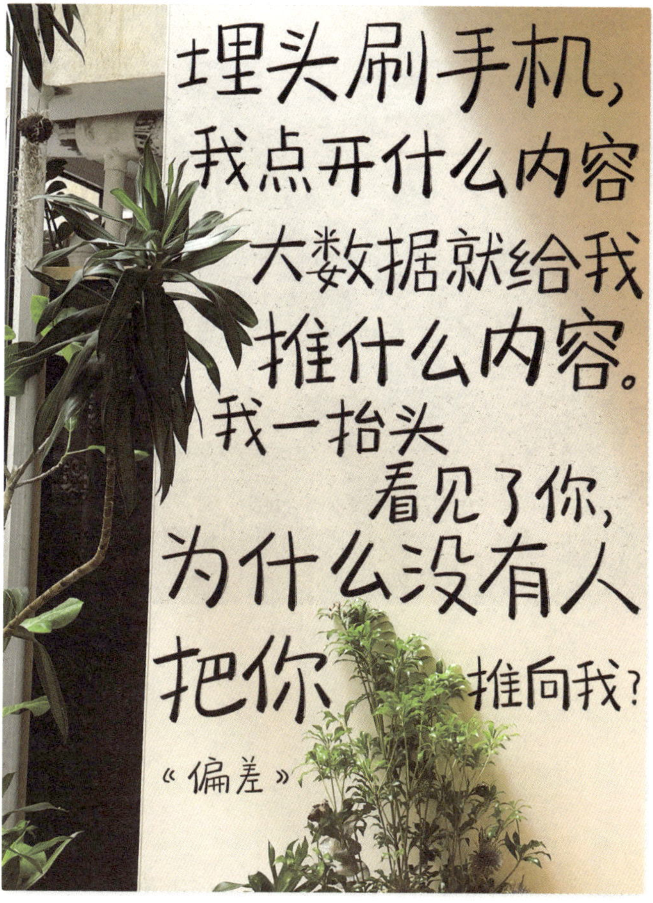
埋头刷手机，
我点开什么内容
大数据就给我
推什么内容。
我一抬头
看见了你，
为什么没有人
把你推向我？
《偏差》

《日夜》

山坡斜斜向下，
夕阳只照到一半。
故意把脚步放慢，
拖到夜幕降临，
约等于我与你
度过了
一个白天、
一个黑夜。

花儿遇见对的人，才会怒放。

我们遇见对的人，才算抵达彼岸。

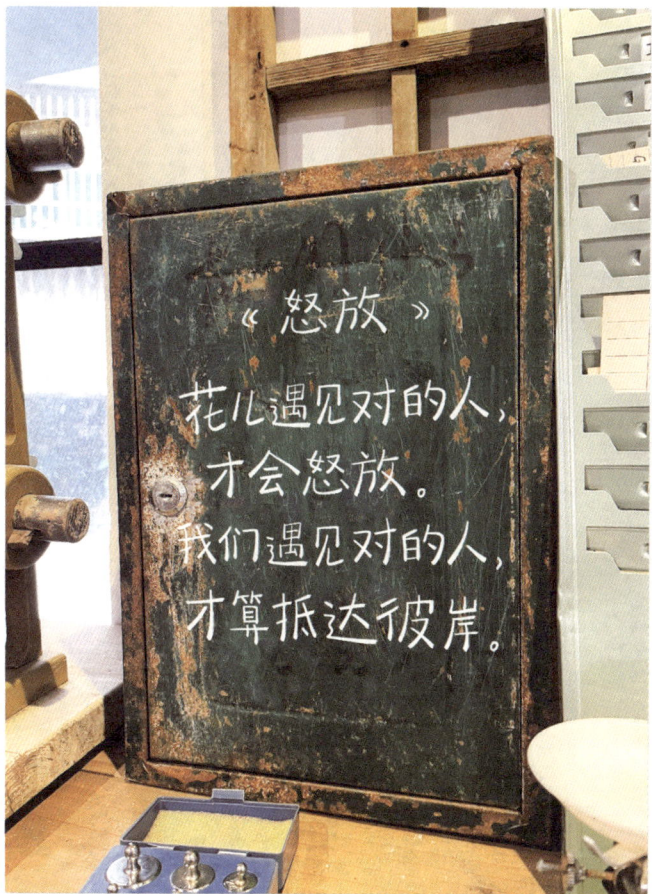

《怒放》

花儿遇见对的人，
才会怒放。
我们遇见对的人，
才算抵达彼岸。

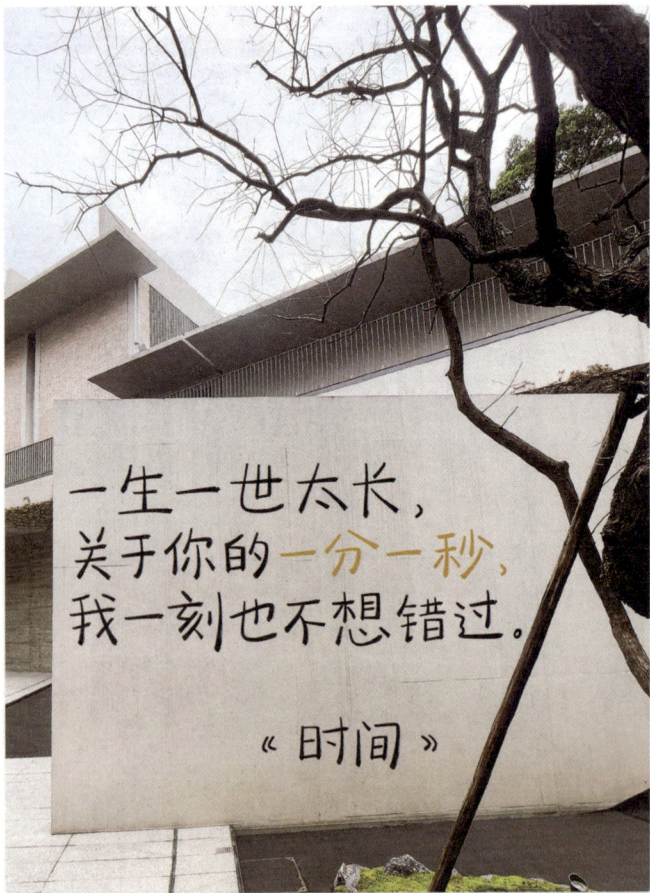

一生一世太长，
关于你的一分一秒，
我一刻也不想错过。

《时间》

接通电话只需不到一分钟，
拿起手机考虑要不要拨过去
花了半个世纪。

《想通想不通》

想通想不通

接通电话只需不到一分钟，
拿起手机考虑要不要拨过去
花了半个世纪。

最好的

最好听的声音是心跳声，
最好看的人是身边人。

最好听的声音
是心跳声，
最好看的人
是身边人。

《最好的》

《知足》

只要是与你一起，
咖啡面包很好，
豆浆油条也不错。

遗憾

在

生活的角落

写下诗歌

《成熟》

好久不见，你变成熟了。

而我，也变得假装成熟了。

确实会有遗憾，
譬如：
相近却不能相处，
相知却不能相伴，
相惜，却只能
相忘于江湖。

《憾》

我们生活在各自的角落，
不知你过得怎样。
花很快就要开，
漫山遍野地开，
你记得
去看。

《记得》

169

风都来了，
而你没来。

《失约》

失约

风都来了，
而你没来。

《台风》

台风正在靠近沿海，

不知道它登陆没有。

恍惚之间想起

那年我们追风，

风绕道而行，

而我们最终

也随风

而去。

重新出发

在

生活的角落

写下诗歌

查缺补漏

八月来了，
是时候补上
"八"字的另外一撇了。

复涌

有人牵着我的手，
再次路过那座桥，
当初干涸的河道，
如今又
流淌着清澈的水。

有人牵着我的手，
再次路过那座桥，
当初干涸的河道，
如今又流淌着
清澈的水。

《复涌》

我推开窗，
见到一道光。
这双冰冷的手，
终于触碰到了
有温度的人。

《光》

小品

珍惜

别人身上
有华丽的服饰，
而我身上
有自己的调性。

《风格》

你问我
想做一个什么样的人，
我想做一个
像我这样的人。

《就做我自己》

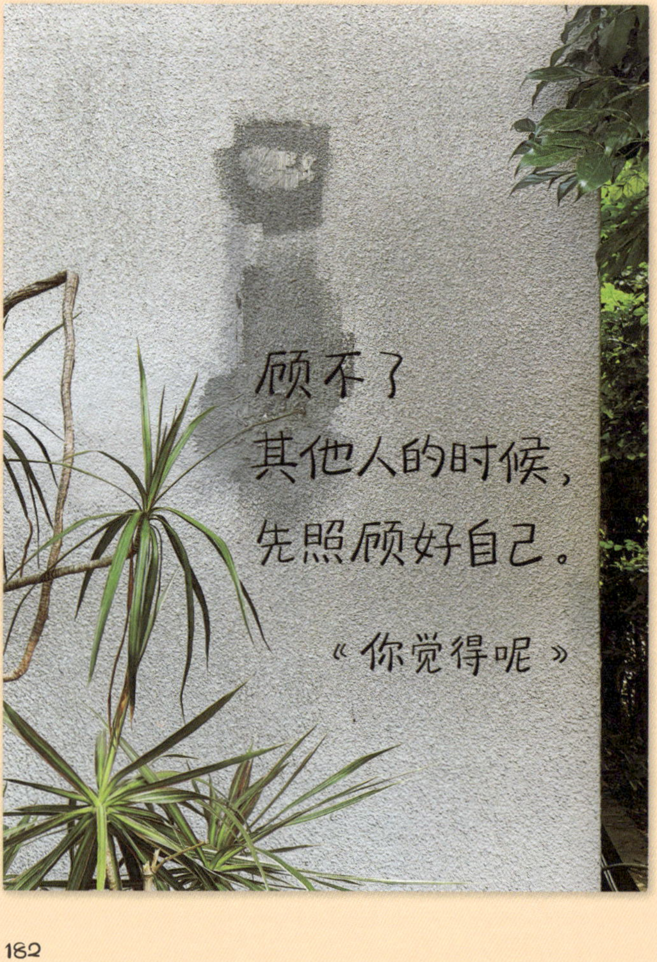
顾不了
其他人的时候，
先照顾好自己。
《你觉得呢》

不必为所有问题匹配答案，
将部分难题
列入"遗忘清单"。

《清单》

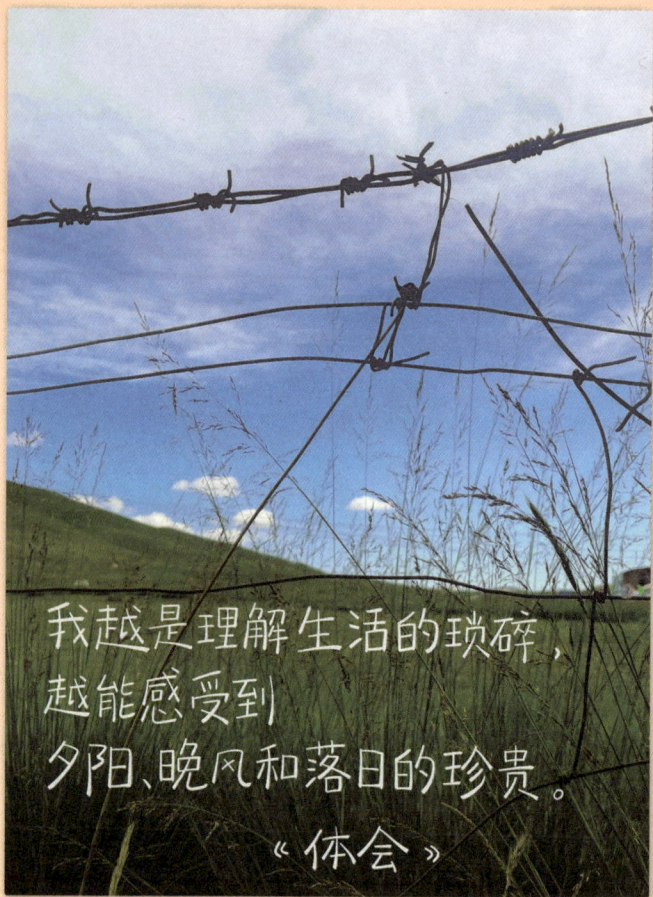

我越是理解生活的琐碎，
越能感受到
夕阳、晚风和落日的珍贵。
《体会》

《言语》

把"好的"改成"好",

把"行吧"改成"行",

把"谢谢"改成"谢了",

气势不知不觉就

磅礴了起来。

自从我决定
不再对每个人笑，
脸上皱纹少了超多！

《愉快决定》

愉快决定

自从我决定
不再对每个人笑，
脸上皱纹少了超多！

肆

成长就是

懂得

放声大笑

当我完成一件事，
就会给自己
一点小奖励。
今天完成了
"无所事事"，
我奖励自己
晚点睡。

《名目》

坚

强

在

生活的角落

写下诗歌

我相信，
眼前这条自己选的路，
困惑只是暂时的，
收获却是崭新的。

《把握》

把握

我相信，眼前这条自己选的路，
困惑只是暂时的，
收获却是崭新的。

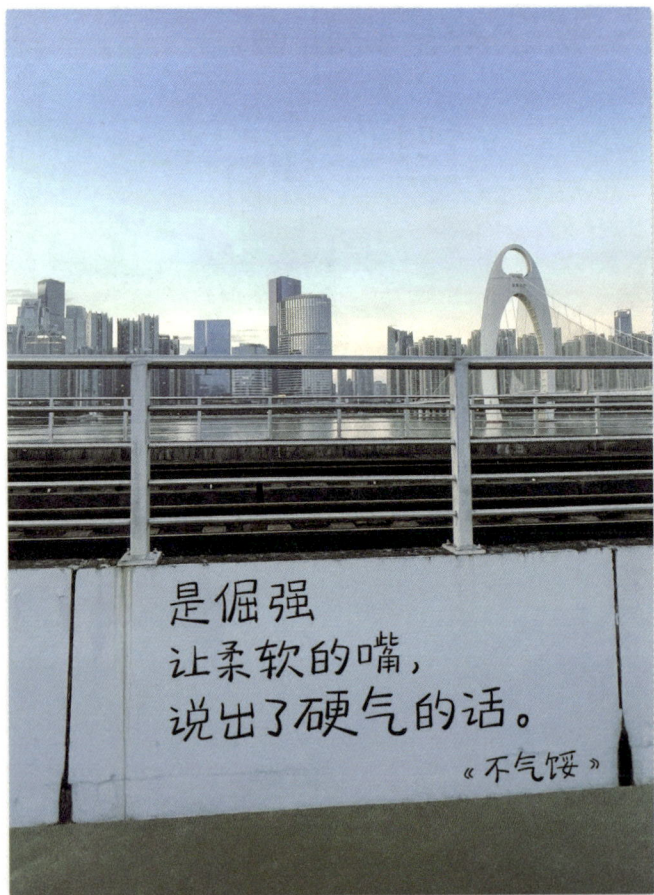

是倔强
让柔软的嘴，
说出了硬气的话。

《不气馁》

童心

在

生活的角落

写下诗歌

如果不能一直当个小孩子，
那就换个思路——
当个大孩子！ 《成长》

在海边
看见一个小孩，
捡了许多贝壳，
依次大小排列。

我问她
这是在做什么，

她说，
这是大海乱放的玩具，
她在帮大海收拾。

《海的玩具》

海的玩具

在海边
看见一个小孩，
捡了许多贝壳，
依次大小排列。
我问她
这是在做什么，
她说，
这是大海乱放的玩具，
她在帮大海收拾。

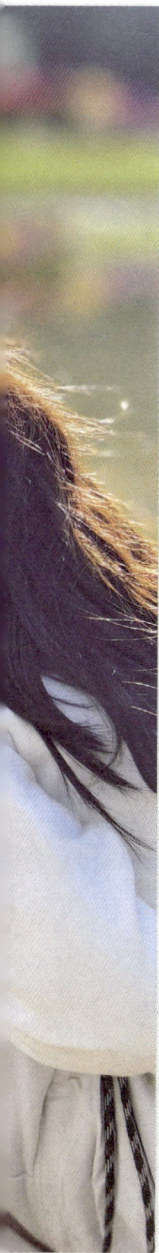

想当个小孩，
只知道
快乐是什么，
不知道
什么是烦恼。

《简单》

简单

想当个小孩，
只知道快乐是什么，
不知道什么是烦恼。

小朋友
不太爱听大道理，
所以一直那么快乐，
不是没有道理。

《有道理》

在

生活的角落

写下诗歌

《微笑》

要谢谢自己的
曾经过往，
谢谢那些明媚，
也谢谢那些风雨；
谢谢身边
留不住的每一样事物，
谢谢此时此刻
仍然微笑着的
这个自己。

微笑

要谢谢自己的曾经过往，谢谢那些明媚，
也谢谢那些风雨；谢谢身边留不住的每一样事物，
谢谢此时此刻仍然微笑着的这个自己。

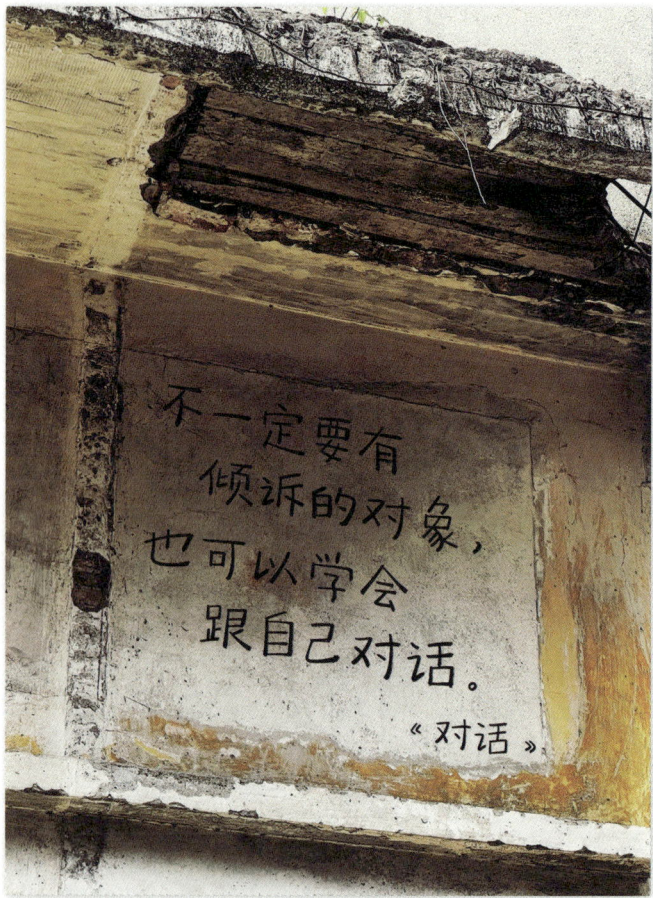

不一定要有
倾诉的对象，
也可以学会
跟自己对话。

《对话》

对话

不一定要有倾诉的对象，
也可以学会跟自己对话。

我关上**耳朵**，
让那些是非对错
悄然褪去。
我又重新听见
我的心，在歌唱。

《心又开始歌唱》

作息

自从我学会早起，

一切都似乎变成：

还来得及！

@角落说

伍

过自己

的生活

舒适的状态，
　是自己觉得舒服，
　不是别人看到会羡慕。
　　《状态》

积

极

在

生活的角落

写下诗歌

尝试

即便会受伤，

仍想试一试

勇敢一点点。

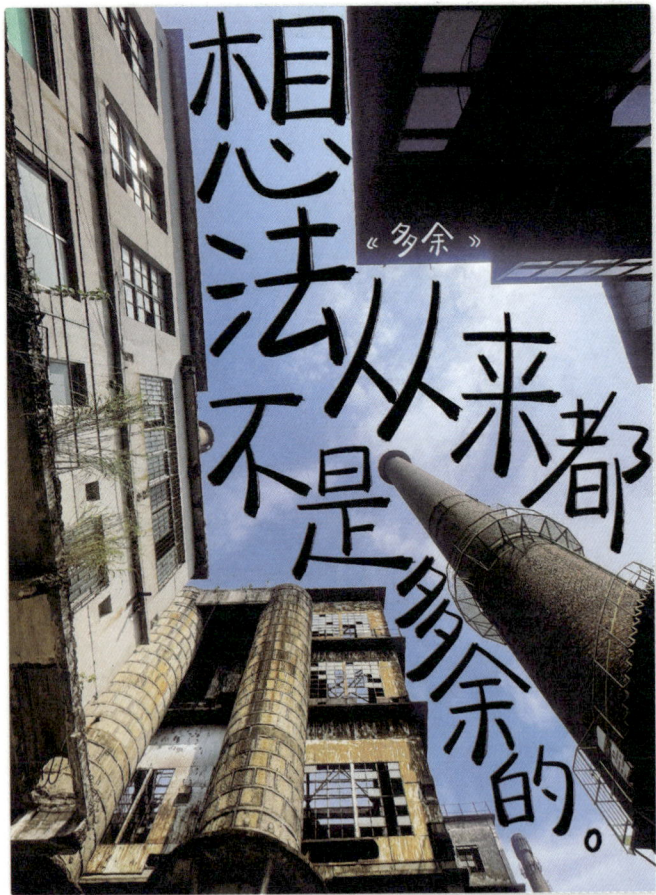

想法从来都不是多余的。

《多余》

一点点的自由，
是将手机静音；
一整天的自由，
就需要
给自己放个假了。

《放假》

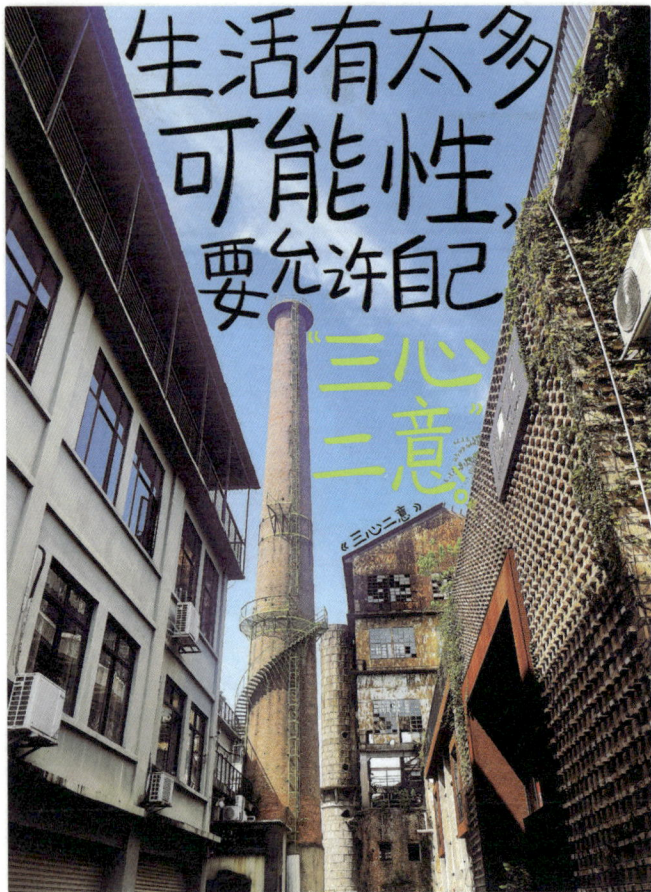

生活有太多可能性，要允许自己"三心二意"

《三心二意》

遇见难题，
害怕的人会说
"行不通"，
勇敢的人会
行动起来。

《问题不大》

《性格》

我没有很勇敢，
但是也不懦弱。

日常生活中，
我们可以是任意配角，
但在自己的人生当中
必须是主角。

《演绎》

不想成为一个
全新的自己了，
修修补补
这么多年，
我已习惯了，
这样的我。
《这样就蛮好》

照顾好自己的感受，
就是照顾好了
心里那一亩地。
荒芜
还是开满鲜花，
取决于你的耕耘。

《种心里那块地》

每个人
都有自己的节奏，
快与慢、
走过的每个地方，
都会留下痕迹。

《足迹》

足迹

每个人都有自己的节奏，

快与慢、走过的每个地方，

都会留下痕迹。

乐观

在

生活的角落

写下诗歌

我的确
挥霍了一些时光，

但却也
收获了不少快乐。

《等值交换》

等值交换

我的确挥霍了一些时光，
但却也收获了不少快乐。

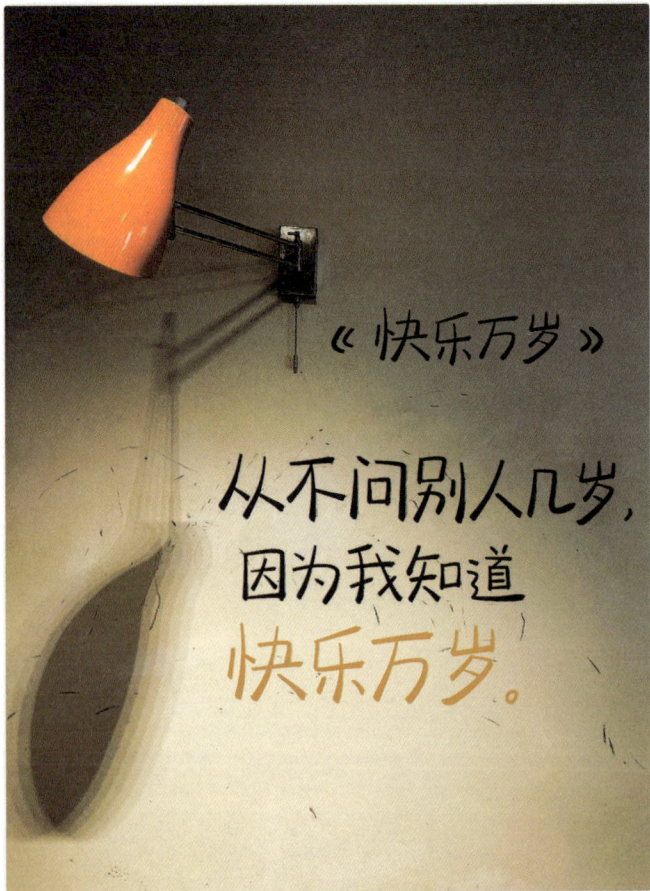

《快乐万岁》

从不问别人几岁，
因为我知道
快乐万岁。

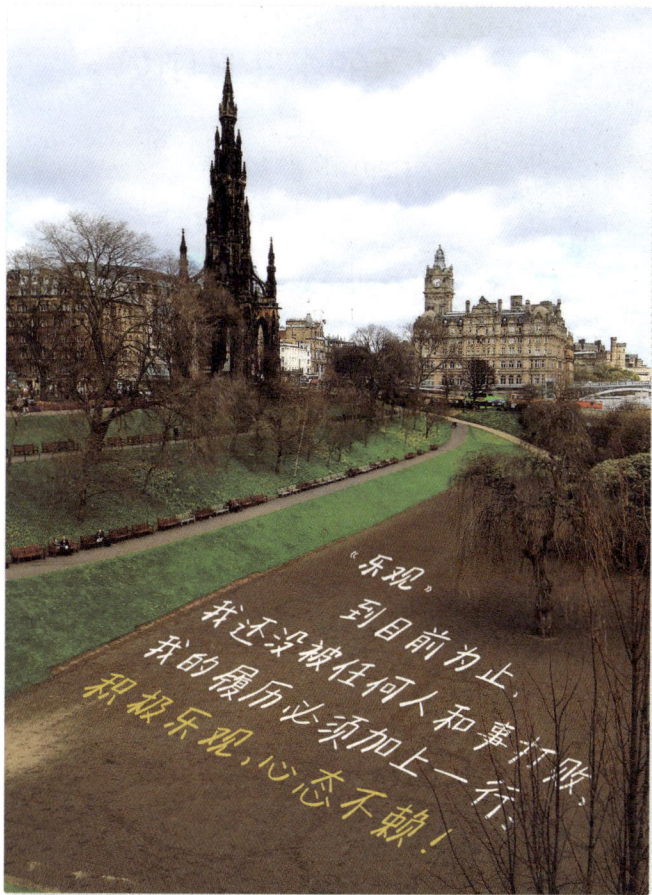

《乐观》

到目前为止，
我还没被任何人和事打败，
我的履历必须加上一行：
积极乐观，心态不赖！

我跌入的不是深渊，
亦不是泥潭，
溅出来的水花只刚好
没过了我的
脚踝。

《浅水》

眺望

大的叫方向，小的叫目标。

当你找到方向，

就能看得见目标。

大的叫方向，
小的叫目标。
当你找到方向，
就能看得见目标。

《眺望》

自认为

"奇奇怪怪"是普通人对我的形容，
"怪可爱的"是我形容的我自己。

松弛

在

生活的角落

写下诗歌

小爱好

我有几个爱好：
好天气、好味道、好自在。
这样就很好。

如果还没
干成什么大事,
不如先从小事
开始,
一件件来。

《大事化小》

放长假，
特别适合干大事，
譬如——
逛大街、吃大餐
和睡大觉。

《大有可为》

周末了，
我问周末：
做点什么好呢？

周末说：
什么都不做最好，
一周难得见一次。

《陪陪周末》

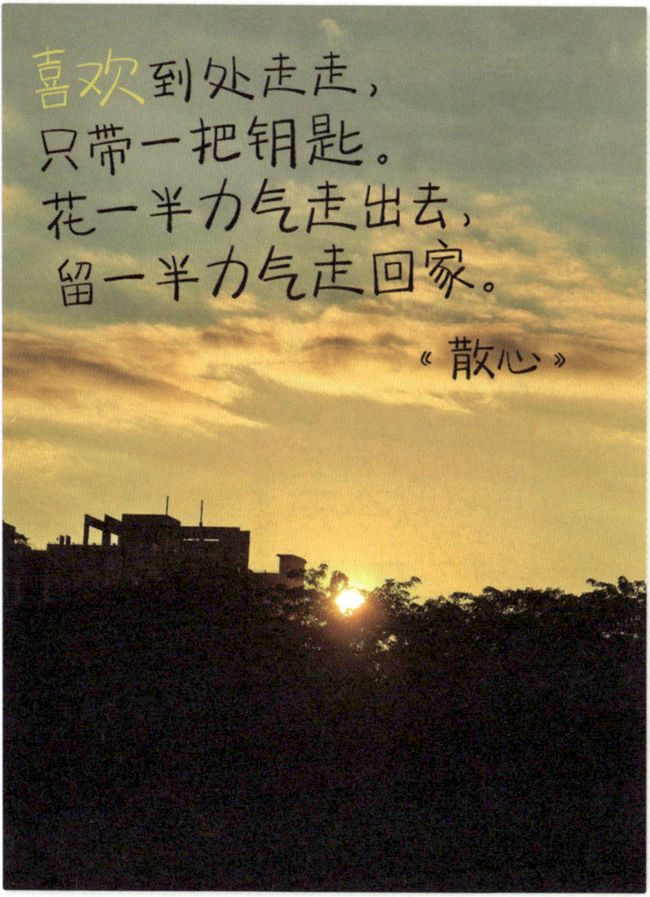
喜欢到处走走，
只带一把钥匙。
花一半力气走出去，
留一半力气走回家。
《散心》

《特别》

我喜欢明天**不用**早起，也不必记得今天礼拜几。

《晚睡晚起》

怎会

无聊的事情，我经常做。

可是，并不会无聊。

后记

有人好奇问我，这些文字和照片，都是从哪儿来的？关于文字的由来，我在前言已经说过，这里补充一下照片的由来。

照片素材其实都是以前多次外出旅行或出门闲逛时，用手机随手拍摄的。我没有专业摄影技术，只是路过某地，眼中所见自认为值得记录，就顺手拍了下来。刚开始创作时，在图文搭配过程中，我发现有些照片虽然好看，却不大适合将字写在上面，所以后来再拍照的时候，就会留心多拍一些预留出较多空白区域的照片，方便将来能够把字平铺到上面。我翻开照片素材库粗略看了一下，目前应该拍了好几万张了，虽说大多数在实际作品中派不上用场，但这种富余的感觉真好。反观文字储备，在真正需要用起来时则并不算多。

还有人说，想知道你在现实生活中，是个什么样的人。说实话，我自己也没太看懂自己。如果一定要"拆解"，我想说可能相比于"感觉"，我更关心的是"感受"吧。日常生活中，我对天气会比较敏感。阳光明媚时我心情就好，阴雨连绵时心情就要差一些；而天太冷或太热，我就会不大想动了。如果可以，我是很希望衣柜里只有短袖的，因为穿短袖比较方便。所以一年四季，我尤其喜欢暑末到秋初这段时间，奈何南方沿海城市的"秋"通常十分短暂，有时只有短短几日，最多不过一二月余。我印象中有好几次在入睡前还是酷暑，一觉醒来后，窗外下着冰冷刺骨的雨，已然是需要盖上厚棉被的寒冬了。

我就是这样在年复一年的四季中游荡穿梭，日子悄无声息，生活平平淡淡。但我是喜欢这种寡淡的，也不觉得单调乏味，还有点乐在其中的感觉。也可能与我性格有关——不善言语、不喜交际以及不知好歹。所以，相比于与人相处，让我待在大自然中我会更觉自在一些。而相比于言语，文字则更能表达我的心绪。

说到文字，我是通过日常不断记录、修正练习、仔细斟酌后确定下来的。有些字句虽然现在回过头去看，会觉得不够成熟甚至有些幼稚，但那毕竟是我当时的真实感受。就像看着自己亲手种下的小花，一开始只是种子，随着时间缓缓流动，我们彼此却是在共同成长。在这个漫长的过程中，当然也有过沮丧与失落，偶尔也会迷失方向，但我仿佛擅长看见美好的祝福和善意的鼓励，也擅于自我调整——只要多对自己说几句"我可以"，就能"盘活"自己。

值得庆幸的是，我在心里这亩地上，当初亲手栽下的那些种子，如今已开出绚丽的花。此刻，我在这个角落，推开窗就能看见这些花，花香扑面而来。不远处，正站着那位一如既往愿意听我胡言乱语，也愿意陪我发呆的你。

我想谢谢你，是你支持着我一直写下去。

最后，我也想谢谢你——我自己。

角落说

2025 年春